LE VINGT-UN JANVIER,

POËME ÉLÉGIAQUE.

LE VINGT-UN JANVIER,

POËME ÉLÉGIAQUE,

DÉDIÉ

AUX MÂNES DE LOUIS XVI;

Par L. V. FLAMAND-GRÉTRY,

CAPITAINE DANS LA GARDE NATIONALE, COMPAGNIE D'ENGHIEN.

Sa vertu dans leur crime augmente ainsi son lustre,
Et son dernier soupir est un soupir illustre.

CORNEILLE, *Mort de Pompée.*

Prix : 75 cent.

PARIS.

IMPRIMERIE DE CHAIGNIEAU AÎNÉ.
1818.

AUX MÂNES DE LOUIS XVI.

OMBRE du Roi martyr ! vous dont la tête auguste est ceinte d'une couronne immortelle, et qui êtes assis au milieu de la cour céleste.... daignez permettre à un sujet fidèle d'oser exprimer avec simplicité, mais avec vérité, les sentimens d'horreurs que lui a inspirés l'affreux moment de votre cruel et injuste supplice !... ce forfait horrible.... ce fatal et dernier moment où vous fûtes si sublime, ne devrait pas être l'essai d'un faible pinceau... (1). Les favoris des Muses ont

---

(1) Depuis plus de trente ans, j'avais abandonné l'étude ; mais, retiré depuis trois ans dans une paisible retraite, j'y consacre tous mes momens. J'essaie, depuis deux ans, à composer un poëme en plusieurs chants qui aura pour titre : l'*Ermitage de J. J. Rousseau et de Grétry*. Je ne le livrerai au public qu'autant que j'aurai la certitude qu'il en sera digne, d'après le jugement d'hommes de lettres que je prierai de m'honorer de leurs couseils.

seuls le droit de peindre vos malheurs dans leurs poëmes harmonieux. Que n'ai-je leur génie !

Daignez, ô Roi martyr ! agréer l'hommage que j'ose rendre à vos mânes sacrées.

O Louis ! soufflez dans mon âme une ardeur divine ! que mes chants, s'il se peut, s'élèvent jusqu'à vous ! que vos fidèles sujets ne m'accusent pas de vouloir perpétuer leurs douleurs ! En lisant cette faible Elégie, ils verront, au contraire, que je les exhorte à la clémence, à perdre, s'il se peut, le souvenir des forfaits de ce jour trop funeste.... et à changer leurs chants plaintifs et funèbres en des chants d'allégresse.

O saint martyr ! votre âme est aux Cieux ! elle n'a pas besoin de prières.

O ma Patrie ! invoquons en ce jour cette OMBRE sacrée !... qu'elle protége la France ! qu'elle veille sur le meilleur des Rois et ses augustes descendans ! qu'elle prie le Roi des Rois de faire triompher à jamais la cause sacrée de la légitimité.

LE VINGT-UN JANVIER,

POËME ÉLÉGIAQUE.

Auguste et saint martyr ! toi qui du haut des Cieux
Reçus de Jehovah , sur ton front radieux,
La couronne immortelle et la palme céleste ,
En ce jour de douleur !.... à la France funeste !....
Chère Ombre ! inspire-moi : je voudrais voir , hélas !....
Changer ces chants de mort en des chants d'allégresse !
Après avoir chanté ton horrible trépas
Par des accens plaintifs et remplis de tristesse !

Depuis un quart de siècle , ah ! nous versons des pleurs
En ce jour de forfaits.... de honte.... et de malheurs !...
Pour la journée encore , ô France !... ô ma Patrie !...
Prends tes habits de deuil.... et ta triste harmonie !
Frappe l'airain funèbre.... instrument de la Mort !...
Qu'il glace le méchant du plus affreux remord !... (1).

____

(1) J'ai suivi l'exemple de l'immortel abbé Delille en supprimant
(*s*) du mot remords, il dit :

Et passe sans retour du plaisir au remord,
Du remords aux douleurs.... des douleurs à la m°rt.

O Louis !... ô mon Roi !... malheureuse victime !...
Ce jour doit arracher des pleurs à tous les yeux !
Oh ! que nos chants plaintifs s'élèvent jusqu'aux Cieux !
Qu'ils montent jusqu'à toi qui pardonne le crime !

La France n'ordonna jamais ce grand forfait...
C'est vous seuls !... vous... tyrans... que le sang satisfait !
C'est votre arrêt de mort... vos horribles cabales,
Qui, sans cesse, ont armé les haînes infernales.

A quels monstres, Français ! léguas-tu ton pouvoir !
Inutiles regrets !... O cruel désespoir !...

Cependant nous devons, ô ma chère Patrie !
Rendre un sincère hommage aux vrais représentans,
Ah ! qui, pour résister à ces cruels brigands,
Ont bravé leur fureur et la haîne ennemie.

Fuis-moi... Muse plaintive !... oh ! recule d'horreurs !
Mon génie est glacé.... mes yeux n'ont plus de pleurs !
Mes sens sont attérés.... Dieu ! quel affreux délire !...
Non... non, reste avec moi.... viens ranimer ma lyre.
Triste et sainte harmonie !.... ô sons mélodieux !
Mêlez-vous à ma voix !... Ah ! réchauffez mon âme !...

Redoublez, s'il se peut.... le transport qui m'enflâme !
Pour m'aider à chanter le moment furieux
Où fut livré Louis !... le plus saint des Monarques !
Aux féroces bourreaux !.... aux inflexibles Parques !

Par un monstre exécrable, entraîné malgré moi,
Sur la place homicide... hélas ! saisi d'effroi,
J'aperçus...ô douleur !... l'horrible char funèbre...
Qui portait la victime et roulait lentement !
Escorté d'assassins.... Dieu ! quel affreux moment !...
La nature était morte en ce jour trop célèbre.

L'Astre du jour.... hélas ! épouvanté !
A ce cruel forfait... refusa sa clarté !...

Barbares ! arrêtez cet effrayant cortège !
Ministres de la Mort.... retournez sur vos pas !
Sauvez !.... sauvez le Roi de ce cruel trépas !...
Leur âme est trop féroce !... Hélas ! rien ne protège
L'infortuné Louis... de tous abandonné.
Le triste char arrive !... on descend la victime !
Au pied de l'échafaud, pour consommer le crime,
O mon Roi !... ton trépas était déterminé...

O ma Muse tremblante ! hélas ! sois-moi propice
Pour achever de peindre un si cruel supplice.

Tandis qu'un saint mortel, un élu du Seigneur (1)
Soutient le Roi martyr.... encourage son cœur
En lui montrant, hélas ! de sa main paternelle,
Le séjour bienheureux et la vie éternelle.
On enchaîne ses mains... on coupe ses cheveux...
Qui tombent au pouvoir d'un étranger sensible ;
Il en paie le prix dans ce moment terrible ,
Fuit... pressant sur son cœur ce dépôt précieux !...

Oh ! sur l'autel sanglant.... soudain je vois paraître
Cette auguste victime !... ce martyr !... ce saint Roi !
Un froid mortel, hélas ! s'empare de mon être ;
Mon âme épouvantée.... ah ! frissonne d'effroi.
Je veux crier : Arrêtez... ô barbares !
Ma voix est étouffée !... Ah! l'être audacieux
Qui m'entraîna me lance un regard furieux !
On entendait déjà les horribles fanfares...

Deux fois le saint martyr échappe à ses bourreaux...
Il prévoit pour la France un abîme de maux.

____

(1) *Edgeworth.*

Il veut parler au peuple... un monstre impitoyable
Entend dire à son Roi : « Je ne suis point coupable !...
« On vous trompe, ô Français ! épargnez-vous ce crime,
« Votre Roi vous pardonne... hélas ! je suis victime !... »

Ce scélérat, alors épouvanté,
(Oh ! ce vil commandant... plein de férocité...
Qui sera pour jamais d'exécrable mémoire)
Ordonne par un geste à son Roi de se taire,
En donnant le signal d'un affreux roulement...

Soudain les deux bourreaux saisissent brusquement
L'infortuné Louis !... La hache est suspendue !...

Le Pontife, voyant la victime perdue,
D'un ton sublime, hélas ! qui surmonte les cris,
Lui dit : « Montez au Ciel, ô fils de saint Louis ! »

Un saint élan... s'empare de ton âme...
Louis ! l'amour de Dieu ! le feu divin t'enflâme !
Tu regardes le Ciel !... tu le vois s'entr'ouvrir !...
Tu vois les Séraphins !... tout le Chœur angélique...
Qui chantent ton martyre et qui viennent t'offrir
La couronne immortelle et la palme héroïque....

Rien n'arrêtera donc vos bras, monstres cruels !...
Arrêtez !... suspendez cet affreux parricide !...
Oh ! Dieu !... le fer sanglant, doublement régicide...
Tombe.... et Louis s'élève au rang des immortels !..

Un bourreau plus féroce offre la tête auguste
Aux regards du public.... à sa fureur injuste !
Mais l'autre, épouvanté, se retourne d'effroi
D'avoir osé trancher la tête de son Roi !...

Ces monstres, écumant de fureur et de rage,
Tels que d'affreux brigands qui montent à l'assaut,
Escaladent soudain le sanglant échafaud !...
Insultent le cadavre... le percent et l'outrage !...

Tremblez, vils scélérats ! il est un Dieu vengeur.

Vous... fidèles sujets, calmez votre souffrance ;
Louis est dans les Cieux ! toujours aime la France ;
Il en est le soutien, l'auguste protecteur !

Français ! ne pleurez plus.... bannissez la tristesse !
Changez vos chants plaintifs en des chants d'allégresse,
Louis n'a pas besoin des prières des morts !..
Célébrons ce saint jour par de plus doux transports.

L Eternel a donné l'essor à sa vengeance ;
Ces monstres ont péri.... ou sont bannis de France,
Eux et leurs vils suppôts.... et l'assassin d'Enghien
Sont avec les Clément.... Ravaillac.... et Damien !

O France ! tu n'es plus soumise à l'esclavage ;
Non.... tu ne gémis plus sous ton affreux veuvage !
Tes vœux, tes cris plaintifs ont monté jusqu'au Ciel,
Ont été présentés aux pieds de l'Eternel.
Par ton saint Roi martyr et ta Reine ANTOINETTE !...
Par leur FILS et leur sœur l'auguste ELISABETHE !
Victimes des forfaits du siècle de terreur.

O Patrie ! ô Français ! bénissons le Seigneur !
L'Hydre est enfin livrée aux inflexibles Parques ;
Le Ciel nous a rendu le meilleur des Monarques !
Une auguste PRINCESSE... un ange de bonté...
Ah ! dont l'âme sensible !... ah ! dont la bienfaisance
Egale ses malheurs !... chasse la pauvreté !...
Un PRINCE magnanime adoré de la France...
Ces nobles FILS d'ARTOIS, des Français si chéris,
Leur espoir, la terreur de tous leurs ennemis !
Reçois, Dieu de bonté ; reçois, Dieu de clémence,
Nos transports pleins d'amour.... notre reconnaissance.

Qu'en ce jour, consacré naguère à la douleur,

La France restaurée enfin, n'ait plus qu'un cœur.

Oublions ces forfaits, tous ces monceaux de crimes ;

Ne pleurons plus.... Prions ces augustes victimes

De veiller sur la France et le meilleur des Rois !

Soyons tous bons Français, imitons sa clémence ;

C'est dans notre union.... c'est dans notre prudence....

Dans la Charte sacrée et le respect aux lois,

Dans la religion.... en tout fuyant l'extrême,

Que dépend notre force et notre bien suprême !

FIN.